屁屁偵探

隨時隨地都很冷靜。
喜歡熱騰騰的飲料和甜甜的點心
（特別是地瓜派）。
興趣是享受午茶與閱讀。
口頭禪是「嗯哼，有可疑的氣味喔」。

布朗

屁屁偵探的助手。
個性率真，但也經常因為
High過頭而粗心大意。

怪盜U

世紀大盜。精於變裝。
裝模作樣，打扮搶眼而時尚。
行竊手法華麗又大膽。

屁屁偵探 讀本

被怪盜盯上的新娘

今天在蛙蛙王國有個結婚儀式!!!

好壯觀的城堡啊。

文・圖 ＝ Troll

譯 ＝ 張東君

被ㄅㄟˋ怪ㄍㄨㄞˋ盗ㄉㄠˋ盯ㄉㄧㄥ上ㄕㄤˋ的ㄉㄜ˙新ㄒㄧㄣ娘ㄋㄧㄤˊ

某ㄇㄡˇ個ㄍㄜˋ早ㄗㄠˇ晨ㄔㄣˊ，當ㄉㄤ屁ㄆㄧˋ屁ㄆㄧˋ偵ㄓㄣ探ㄊㄢˋ和ㄏㄜˊ布ㄅㄨˋ朗ㄌㄤˇ
正ㄓㄥˋ在ㄗㄞˋ事ㄕˋ務ㄨˋ所ㄙㄨㄛˇ吃ㄔ早ㄗㄠˇ餐ㄘㄢ的ㄉㄜ˙時ㄕˊ候ㄏㄡˋ，聽ㄊㄧㄥ見ㄐㄧㄢˋ
有ㄧㄡˇ人ㄖㄣˊ敲ㄑㄧㄠ門ㄇㄣˊ的ㄉㄜ˙聲ㄕㄥ音ㄧㄣ。

還這麼早，
會是誰啊？

在ㄗㄞˋ布ㄅㄨˋ朗ㄌㄤˇ打ㄉㄚˇ開ㄎㄞ門ㄇㄣˊ以ㄧˇ後ㄏㄡˋ，走ㄗㄡˇ進ㄐㄧㄣˋ來ㄌㄞˊ
一ㄧˋ位ㄨㄟˋ把ㄅㄚˇ帽ㄇㄠˋ子ㄗˇ壓ㄧㄚ得ㄉㄜ˙很ㄏㄣˇ低ㄉㄧ的ㄉㄜ˙男ㄋㄢˊ士ㄕˋ。

簡報表示
王國即將邁上數十
年難得一次的大霧
下期新聞不可能
逃脫的鎖窗監獄

男士走到沙發旁坐了下來。

「欸——，請問是要委託嗎？」

即使布朗問，他也一言不發。

看了男士一眼後，屁屁偵探

說話了。

「嗯哼，請問您是蛙蛙王國的

國王嗎？」

什麼！剛剛新聞中提到的？！

只要看到某個東西
就知道了。你知道
是什麼嗎？

沒錯。 鬍鬚與胸前的勳章和新聞中的影像一模一樣。

男士脫下了帽子。

「我正是蛙蛙王國的國王蛙王 16 世。 我用屁屁偵探能不能猜出我的身分， 來測試屁屁偵探的實力。 果然是如傳言中所說的名偵探！

其實， 發生了有點傷腦筋的事情……」

和電視上
一模一樣！

4

蛙王16世拿出一張卡片放到桌上。

兄.有在結婚典禮才看得到的
世界上最美的寶物
璀璨鑽紗 今晚
拜領。請把我也列入.
新郎候選人中吧。　　怪盜U

「來自怪盜U的預告信！！
新郎候選人是怎麼回事呢？！」
布朗很驚訝的發問。
「嗯哼，蛙蛙王國自古以來就有個
特別的結婚儀式喔。」
屁屁偵探從書櫃抽出一本書。

在這本書裡
應該可以找到
詳細的記載。

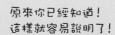

原來你已經知道！
這樣就容易說明了！

蛙蛙王國的結婚儀式

① 公開徵求結婚對象

② 挑戰獲得王國的寶物——
璀璨頭紗的考驗

③ 最先拿到璀璨頭紗的人
就成為結婚的對象

儀式
完成

④ 新娘戴上璀璨頭紗,立下結婚誓言

蛙蛙王國以外的人
也可以參加喔。

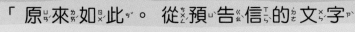

「原來如此。 從預告信的文字
看來, 怪盜U是打算混入
新郎候選人中, 好下手
偷走『璀璨頭紗』呢。」

啪
嗒

6

「正是如此！ 這回是我的
獨生女要舉行結婚儀式，
一定會有很多新郎候選人前來
參加徵選。 要是裡面有據說擅長
變裝的怪盜Ｕ混進來的話， 我是
完全無法看穿的！ 所以來這裡
拜託你。」

我已聽說你保護
住寶物，沒讓
怪盜Ｕ得手
的事蹟！

「這樣的話， 也請汪汪警察局
一起幫忙吧！ 為了做好充足的
準備， 婚禮的日期可以
往後延嗎？！」

計畫就命名為布朗之
全面包圍怪盜Ｕ大作戰！！

7

「真抱歉，沒辦法延期。
婚禮一定得在今天舉行才行。
我的王國也有禁衛軍團。
請務必接受我的委託！」
蛙王16世低頭拜託。

蛙蛙王國
禁衛軍團
是負責保護王
國，像是警察
般的團體。

嗯哼，我知道了。我一定會
找出怪盜U，好好保護「璀璨
頭紗」。

看穿怪盜U
偽裝大作戰！

8

「那麼，我們就咻的飛去
蛙蛙王國吧！」
在蛙王16世這麼說了之後，
外面便傳來轟隆隆隆的聲音。
布朗從窗戶往外看時，看到了
空中的直升機。

好、好厲害。
不愧是國王！

一行人抵達
蛙蛙王國。

尋找
5個屁屁

從直升機上下來的
屁屁偵探和布朗，走進裝飾得
非常華麗的城堡裡。

公主等人走了過來。

蛙莉婭（22歲）
公主，蛙王16世與蛙東妮的獨生女。

蛙東妮（50歲）
王后，蛙王16世的妻子。

禪蜍爾（58歲）
大臣，負責輔佐國王。

好、好可愛。

謝謝。這件禮服是用我最喜歡的花做圖案設計的喔。

「為了參加儀式，請戴上。」
大臣把肩帶交給屁屁偵探
和布朗。

得第一名也沒關係喔！
要是屁屁偵探成為新郎的話，我也非常歡迎呢！

父親大人您真是的，
可是，我已經有……

緊抓

「接下來就要請各位挑戰
多道難關。 然後, 先拿到
『璀璨頭紗』的人就是新郎,
和蛙莉妞結婚, 成為
下一任的國王!」

和蛙莉妞公主結婚,就能得到
城堡嗎……不行!不行!這是
工作!我要變成厲害的偵探!

這群新郎候選人在大臣帶領下
前往地底, 那裡有好幾道
難關等著大家。

準備好了嗎……

挑 戰　開 始！！！

新郎候選人個個爭先恐後的衝向吊橋。突然，吊橋發出很大的聲響。

啪嚓

「糟、糟糕！繩子斷了！」
布朗嚇得全身發抖。
許多新郎候選人被湍急的
水流沖走了。

抓住一

16

「是因為大家的重量才斷掉的嗎？！」

「嗯哼，也可能是考驗的機關。
你看看立在這裡的牌子。」

「完全看不懂啊！困難到
我的頭都要藏起來了——」

水之循環生生不息
滴涓細流匯入大海
行經大地潤澤萬物
安泰祥和人民樂居
扭轉乾坤歡慶豐年

欸？不對，
應該是都要
想破頭了？

嗯哼，布朗給了一個提示呢。
要是一句一句唸就像首詩，但是
假如只唸每一行的第一個字……。
就會知道走到對面去的方法。

沒錯。把每一行第一個字連著唸，就是「水滴形按鈕」的諧音。

喀嚓

在第16頁找找看

水之涓經
滴行安泰
行安扭轉

屁屁偵探找到水滴形狀的按鈕。按下去之後，就伸出一塊延伸到對面去的木板。

「這應該是要人別被眼前的吊橋迷惑，得仔細觀察，找出正確的路徑吧。」

「這是在考驗當國王需具備的特質吧。哈！為了當上國王，還得賭上性命呢。」

新郎候選人之一說。

咻

「 轉瞬間就只剩6個人啊。 競爭
對手減少， 真不錯！ 我是蛙莉妞的
青梅竹馬蛙英俊。 留下來的全是
從小和蛙莉妞一起長大的朋友喔。
算是有實力的新郎候選人吧。 」

蛙英俊（22歲）
愛耍帥
又超級自戀

蛙公平（22歲）
充滿正義感的
好青年

蛙大力（24歲）
一心只想練肌肉
而已

蛙某（21歲）
面無表情
又不愛說話

蛙哉（25歲）
雖然很聰明
卻體力不佳

不是6個人！
是7個！我也是
新郎候選人啦！

屁屁偵探一行人走過延伸
出來的木板， 繼續往前進。

我也有
注意到
立牌喔。

哎呀！

危險！

走出來後看到一片頗深的水域。

這次既沒有橋也沒有立牌。

「只要游到對面就好，超簡單！」

一說完，蛙大力就跳進水裡。

被搶先了！

可是，不一會兒，

蛙大力就跳出水面。

哼！看起來是沒辦法游過去了呢。

我被咬了——！

蛙公平拋出肩帶，

救起蛙大力。

沒錯。 從右邊數過來的
第2片葉子。

屁屁偵探一行人坐到那片葉子上，
用力拉著葉子的根往前進。
在快抵達對岸的時候……

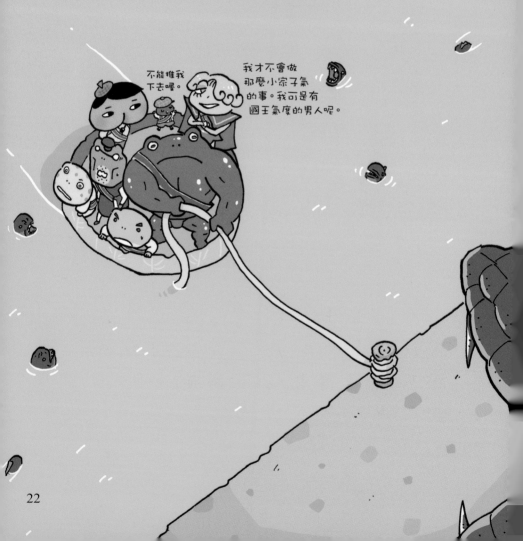

不能推我
下去喔。

我才不會做
那麼小家子氣
的事。我可是有
國王氣度的男人呢。

哇啊啊啊啊，有、有大蛇——！

「嗯哼，仔細看看，那是石像喔。」

「嚇、嚇我一跳。蛙蛙王國的

人民都很怕大蛇。身體會蜷縮

起來，變得動彈不得呢。」

蛙公平說。

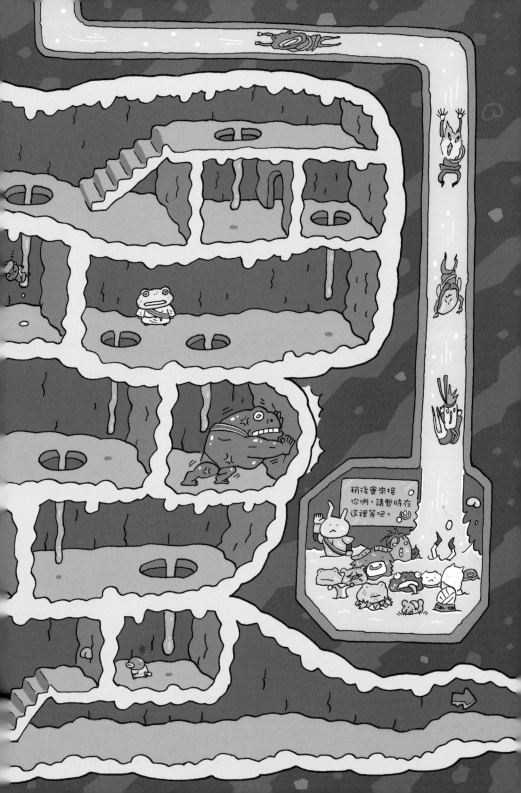

穿過迷宮後， 抵達一間盛開著
各種花朵的房間。 房間裡面
還有一塊立牌。

拿著蛙莉妞最喜歡
的花站到檯子上！
前面就是最後一道
關卡。寶物璀璨頭紗
唾手可得……

好美啊！

氣喘呼呼

呼呼

「蛙莉妞喜歡的花？！ 哈，
真簡單！ 身為青梅竹馬，
當然知道！」
蛙英俊等人立刻開始找花。

總算要見到
璀璨頭紗了！

「怎麼辦？ 沒有人跟我們
說過蛙莉妞公主喜歡的
花呀。」

布朗， 不要那麼驚慌。
冷靜一點， 你記得拜見
蛙莉妞公主的時候，
和她的對話嗎？
她有說了什麼對吧。

沒ㄇㄟˊ錯ㄘㄨㄛˋ。 就ㄐㄧㄡˋ是ㄕˋ鬱ㄩˋ金ㄐㄧㄣ香ㄒㄧㄤ。
她ㄊㄚ說ㄕㄨㄛ禮ㄌㄧˇ服ㄈㄨˊ上ㄕㄤˋ的ㄉㄜ圖ㄊㄨˊ案ㄢˋ
是ㄕˋ她ㄊㄚ最ㄗㄨㄟˋ喜ㄒㄧˇ歡ㄏㄨㄢ的ㄉㄜ花ㄏㄨㄚ。

知道結婚
對象的喜好是
很重要的。

好像有說過
這件事。

蛙ㄨㄚ英ㄧㄥ俊ㄐㄩㄣˋ一ㄧ馬ㄇㄚˇ當ㄉㄤ先ㄒㄧㄢ的ㄉㄜ站ㄓㄢˋ到ㄉㄠˋ檯ㄊㄞˊ子ㄗ上ㄕㄤˋ。
天ㄊㄧㄢ花ㄏㄨㄚ板ㄅㄢˇ打ㄉㄚˇ開ㄎㄞ， 檯ㄊㄞˊ子ㄗ往ㄨㄤˇ上ㄕㄤˋ升ㄕㄥ。
屁ㄆㄧˋ屁ㄆㄧˋ偵ㄓㄣ探ㄊㄢˋ還ㄏㄞˊ有ㄧㄡˇ其ㄑㄧˊ他ㄊㄚ人ㄖㄣˊ也ㄧㄝˇ接ㄐㄧㄝ在ㄗㄞˋ
蛙ㄨㄚ英ㄧㄥ俊ㄐㄩㄣˋ後ㄏㄡˋ面ㄇㄧㄢˋ， 往ㄨㄤˇ上ㄕㄤˋ升ㄕㄥ。

他們來到一個有著玻璃圓頂的房間。牆壁上掛著許多把劍。蛙王16世也來見證最後一道關卡。

那就是「璀璨頭紗」？

它沒有發光耶，感覺是很樸素的寶物。

將古代的劍插入
一錯就掉進黑暗深淵
拿著頭紗
往閃耀輕霧走去
真正的樣貌將會出現

「為了設法接近
『璀璨頭紗』，怪盜U
變裝假扮成新郎候選人
的可能性很高，我也
一直在暗中默默觀察
那究竟會是誰。然後，
我總算確定了。
怪盜U就在這群人裡面！」

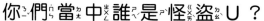
你們當中誰是怪盜U？

不知道哪個
傢伙是怪盜U，
不過拿到頭紗的
人一定是我！

蛙英俊

事、事情
變得好嚴重呢。

蛙公平

不論怪盜U是
誰都好啦！
我只想趕快跟
蛙莉妞結婚！

蛙哉

我這身肌肉
是沒人有辦法假扮的啦！

蛙大力

蛙某

沒錯。怪盜U就是你，蛙某！
在看到那條假如是蛙蛙王國的
國民，一定會變得動彈不得的
大蛇時，你身手非常靈活的跳開了。
而且，當中只有你一個人
弄錯蛙莉妞公主喜歡的花。

「真￼是￼太￼美￼妙￼啦￼！
果￼然￼不￼愧￼是￼屁￼屁￼偵￼探￼！」
怪￼盜￼Ｕ現￼出￼真￼面￼目￼。

「王￼國￼的￼重￼要￼寶￼物￼，　才￼不￼可￼能
交￼給￼你￼呢￼！」
蛙￼公￼平￼立￼刻￼抓￼起￼牆￼上￼的
劍￼，　擺￼好￼架￼式￼。
「你￼已￼經￼無￼處￼可￼逃￼了￼！
你￼的￼好￼運￼用￼完￼啦￼！」
布￼朗￼大￼聲￼叫￼。

再會一

被水沖走了……

怪盜Ｕ一躍而下，從打開的地板逃走了。

嗯哼，
故意弄錯，
逃走了啊……

撲通一

「萬歲！我們保護了『璀璨頭紗』！趕快把它從櫃子裡拿出來吧。啊！可是，究竟是哪把劍呢？不知道耶！」

劈啪

嗯哼，櫃子上寫著「古代的劍」呢。所謂古代是指很久以前。想想劍變舊了以後，會是什麼樣子呢？

在第29頁尋找古代的劍。

沒錯。 劍會生鏽喔。

只有這把劍生鏽。

屁屁偵探將那把生鏽的劍，
交給蛙公平。
「不， 我不能接受。 解開謎團
的人是屁屁偵探啊。」
「你面對怪盜Ｕ， 努力想要保護
王國的寶物。 我認為你那
英勇的姿態， 非常適合
當蛙莉妞公主的新郎。」

雖然好像有點多管閒事，
不過蛙莉妞公主很喜歡你，
她戴的項鍊墜子裡
也有你的照片呢。

唉！

唉？
是這樣嗎？！

36

蛙公平把劍插進洞裡，伸手
拿了「璀璨頭紗」。
新郎人選終於決定了。

哇——

哇——

哇——

咻

咻

新郎，
確定是蛙公平——！！

蛙莉妞和蛙公平
為了要換上結婚禮服，
各自前往更衣室。

做得太好了，
屁屁偵探！
我們也準備一下，
前往會場吧。

到了夜晚，結婚典禮開始了。
新郎和新娘入場。

果然是很低調
的寶物啊。

38

就在他們兩人站在祭壇前面對面的時候，湖面籠罩在微微發光的霧氣中。於是「璀璨頭紗」開始發出炫目的光彩。

「這個被稱為閃耀輕霧，是很難得出現的呢。」
蛙王16世說。

「原來是這樣才沒辦法延期啊！」
布朗總算明白了。

一點也不樸素呢。

「哦哦，這就是『璀璨頭紗』的真正樣貌啊。真是太美妙的光輝！我就是在等這個呀。」

「怎、怎麼會？」

嘶砰——

「怪盜Ｕ！！！」

40

「正如預告信上說的，『璀璨頭紗』我就收下了。屁屁偵探，託你的福，我度過一段非常棒的時光。這次是我勝利囉。那麼，再會——」

啊，被擺了一道。
咦，屁屁偵探的樣子
怎麼好像跟平時
不大一樣？

「嚇到你真是抱歉。 因為我想到
安靜的地方跟你兩個人獨處。」

「來吧， 來我這裡吧。
讓這種美麗， 永遠在
我的手中……」

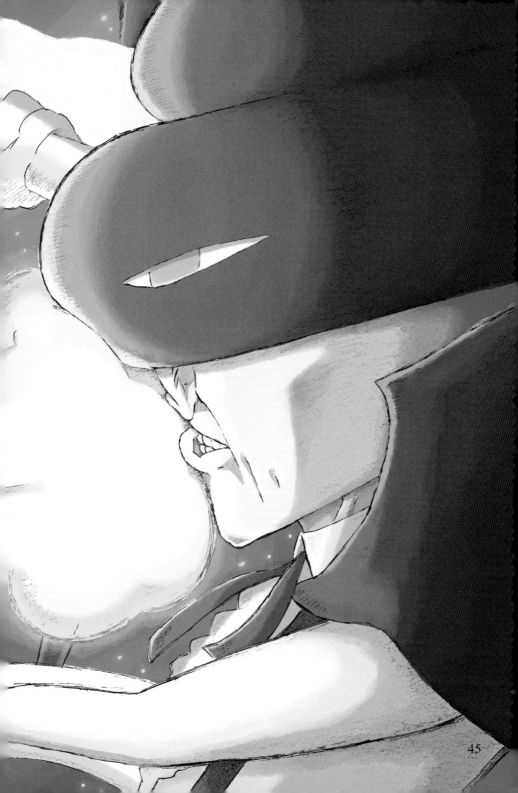

「請容我失禮了。 我也
一直在等待兩人獨處的
機會呢。 因為結婚會場是
神聖的場所啊。」
「為、 為什麼你會變成新娘……？
你應該在客人行列中才對啊。」

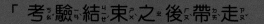

「考驗結束之後帶走
新郎的大臣，其實是你
假扮的。發現這件事，我就
推理判斷你是打算等到『璀璨
頭紗』沐浴在閃耀輕霧中，
現出真正珍貴的樣貌後，
再把它偷走。因為在
挑戰時你很乾脆的
放棄爭取寶物這點，
一直讓我很在意。」
「非常完美……。
尚未完成的寶物，
即使偷到手也不美啊。
你真的太厲害了……」

好……
臭……
啊。

在城堡中，接到屁屁偵探
通知的汪汪警察們
正在等候。
「能夠抓到怪盜Ｕ，真是
太厲害了！」

蛙公平和大臣都已經救出來了！

因為蛙某出外旅行，所以怪盜Ｕ才能夠假扮成他！

假扮成蛙某的怪盜Ｕ，這下要去監獄啦。

156-

怪盜Ｕ被警察帶走了。

我們會負責把他關進監獄去！

新娘替身作戰很成功呢！

這就是璀璨頭紗的真正模樣。

啊?!

蛙公平和蛙莉妞重新舉行一次婚禮。

「話說回來，剛剛站在我旁邊，跟屁屁偵探很相像的人，到底是誰呢？我完全沒注意到身旁的人已經調換過了呢——」布朗問。

「嗯哼，為了讓怪盜Ｕ疏於防範，我事先拜託了別人頂替我。」

為了不讓怪盜Ｕ發現，就當成秘密沒說了。

我的表情藏不住事情啊。

沒錯。　就是表演魔術的
嗨爆先生。　從一開始見到他，
我已經打算要是有什麼事，
就拜託他當我的替身。

我想起來了！

慶祝蛙公平和蛙莉妞結婚的宴會，
熱鬧歡欣的一直持續到
第二天早上。

被怪盜盯上的新娘
～ 完結 ～

完美的逃脫計畫

「嗨，各位，你們好嗎？
你們可能一臉疑惑吧，為什麼
已經被捕的我，卻能如此優雅的
過生活呢。想要知道原因嗎？」

呵，那麼，就讓
你們體驗一下
我美妙的逃脫秀吧！

～幾天前～
在蛙蛙王國遭到逮捕的
怪盜U被送進鐵窗監獄。

特別罪犯收容所
鐵窗監獄

POLICE

「我是典獄長，名叫
垂耳阪直進！」
「他是個最討厭
邪門歪道的正直男性。
你最好也學學他的
精神喔。」

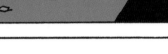

典獄長垂耳阪直直的朝著
怪盜U走過去。
「你就是那個很愛裝模作樣的
怪盜U啊！我呀，光是
看著你那顆扭來扭去的頭，
就覺得渾身不舒服！
我一定要把你
從頭開始大改造，
變成正直的人！」

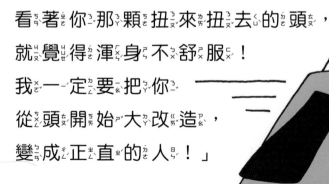

咕
嗚

「冷靜一點，垂耳阪。
鐵窗監獄是只要犯人一旦進來，
就絕對出不去的地方吧。世紀大盜
被關進這裡也是遭到報應了呢！」

一直看著那個傢伙的畫面，
讓我感到頭昏……

呵哈

呵哈

「遭到報應」嗎？
是要叫我放棄做壞
事，堂堂正正的活
下去嗎……哼！

怪盜U被帶進監獄關起來了。
「私人物品一律都要寄放！」
垂耳阪典獄長說。

換上這件
衣服！

喀嘎——

受刑人編號X931
怪盜U

57

喀 嘎 ——

「喔呀？ 你是怪盜∪。」

你應該是那位寶石小偷
烏鴉光吧。

居然在這種地方
碰面，還真是。

叫小偷， 真是
難聽。
要說我是寶石
收藏家啊。

「不擇手段收藏寶石的結果，
就是來監獄報到了是吧。」
「我只是比其他人要多愛一點
寶石的光輝， 如此而已。 先別說
這個了， 這不是我們久違了的
重逢嗎？ 不要叫我烏鴉什麼的，
像從前那樣稱呼我怪盜Ｋ啦。
我們不是曾一起在『怪盜學院』
學習偷竊的同伴嗎？」
烏鴉光說。
「哼呵， 『怪盜學院』嗎⋯⋯。
那已經跟我沒關係了。」

「話說回來， 聽說這座監獄是
一旦進來， 就出不去的是嗎？」

「沒這回事。 只要刑期屆滿，
就會被釋放出去。 不過，
這座監獄關的， 全部都是
像我或你這樣的大壞蛋，
隨時都有傢伙在策畫
逃獄呢。」

「原來如此啊。 這麼說來， 你也
是想要逃獄的成員之一囉。」

特別罪犯收容所
鐵窗監獄

像是被銅牆鐵壁包圍著，就算
插翅都難逃的方正堅固
建築物！！

唰 唰 唰 唰

典獄長垂耳阪手下有許多獄卒，
他們絕不會放過任何
（歪七扭八的）壞事。

不可能逃獄

太讚了！ 沒錯，
就是監獄的平面圖喔。

「只要有平面圖， 就能夠清楚
知道監獄裡面的空間配置。
你是邊看著這個， 邊在策畫
逃獄的事情吧？」
「噴， 正是如此。 平面圖
是從其他傢伙那裡拿來的。」

不過計畫
才想到一半而已。

「哼呵。 不對， 是搶來的吧？」
怪盜Ｕ一面說， 一面
打開平面圖。

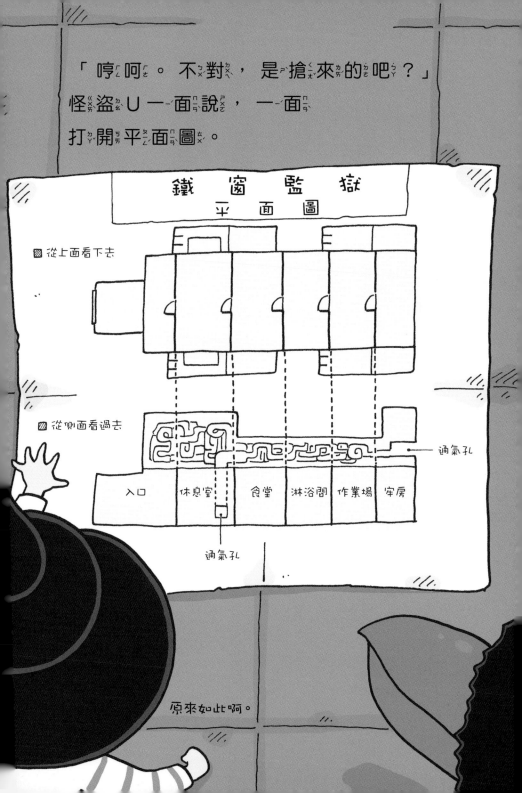

鐵窗監獄
平面圖

⊿從上面看下去

⊿從側面看過去

通氣孔

入口　休息室　食堂　淋浴間　作業場　牢房

通氣孔

原來如此啊。

那麼，就快快跟這個半點也不
美麗的發霉地方說再見囉。
開始來一場保證精彩的
逃脫秀吧！

你已經知道逃獄的
方法了嗎？！我要跟
你一起去！

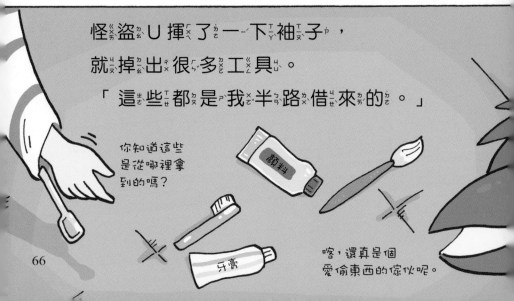

怪盜U揮了一下袖子，
就掉出很多工具。
「這些都是我半路借來的。」

你知道這些
是從哪裡拿
到的嗎？

顏料

牙膏

喀，還真是個
愛偷東西的傢伙呢。

那麼，首先得離開這間牢房吧。要用什麼方法出去呢？

用湯匙在地板上挖洞出去。

敲敲 敲敲

用牙刷和牙膏磨蝕鐵欄杆出去。

刷 刷

用顏料和畫筆在牆壁上畫個洞鑽出去。

不可能——

喇 喇

嗯嗯，
不是這個
方法喔。

恐怕洞還沒挖好，刑期就先屆滿了。

嗯嗯，
不是這個
方法喔。

看起來應該沒辦法磨蝕。不過鐵鏽都掉了，變得很閃亮呢。

喀，閃閃發光的樣子真好！

太讚了！ 這個是正確答案！

你是說畫的會變成真正的洞嗎？ 那也太可笑了吧！

哎呀，你就看著吧。

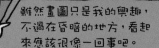

雖然畫圖只是我的興趣，不過在昏暗的地方，看起來應該很像一回事吧。

怪盜U用力晃動鐵欄杆，
發出很大的聲響。 於是看守的
獄卒就跑了過來。

怪盜U他們躲了起來。 看到
牆上居然有洞， 獄卒大吃一驚。
「難， 難道是逃獄嗎？！」
獄卒想要確定那個洞， 因此
打開了牢房的門。

69

「成功了！往出口的方向去。」
「我們要去的是獄卒的休息室喔。」

怪盜Ｕ在門外偷偷觀察作業場
裡面的狀況，聽見了
獄卒們的談話聲。

「牢房好像有點吵呢？」

「咦？逃獄！聽到這兩個字呢！」

「逃獄嗎？！」

一時警鈴大作，響徹
整座監獄。

滴鈴鈴鈴鈴鈴

「有人逃獄了——！」

獄卒們自門口蜂擁而出。

「因為獄卒會為了找我們而

全部出動，所以休息室反而

變得空無一人。」

怪盜U和烏鴉光進到了作業場。

但是，裡面仍有很多獄卒。

為了不被獄卒發現，千萬要小心安靜的行動。不能從獄卒眼前經過喔。

73

怪盜U和烏鴉光抵達獄卒休息室。

「果然就如我所預料，

沒半個人呢。」

「可是這裡沒有窗戶，到底要從

哪裡逃走呢？果然還是得從

出口逃吧。」

烏鴉光說。

出口的鎖很難開，需要花很長的時間啊。

喀嘎一

點心BOX
一天最多一根

這個房間有個可通到外面的地方。
回想一下監獄的平面圖。
你知道是哪裡嗎？

太讚了！沒錯，就是通氣孔。
它靠著通氣管和建築物外牆
上的通氣孔直接相連。

所謂通氣管是指讓空氣流通用的管子喔。

怪盜U拆下通氣孔的
鐵絲網。

嘖，沒注意到！

以外牆的通氣孔為目標。

要是可以從通氣管逃走，即使獄方發現了，也不一定能追過來。
典獄長那個傢伙看到扭來扭去的東西，就會覺得全身不舒服。

咕

呢

呵呵，面罩被壓扁了。

尋找了個

那是才剛從通氣管裡
鑽出來的時候。轉頭就看到了
由垂耳阪領頭的獄卒們的身影。

外面！

喔呀？
還相當努力呢。

等等啊—

烏鴉光拚命想拆掉通氣孔上的
鐵絲網，卻沒有那麼容易。
受不了的烏鴉光大喊：
「我絕對要逃出去！」之後，
把怪盜∪踢飛。

嗚！真卑鄙！是拿
我當誘餌好爭取
多點時間嗎？

抱歉！我是
不擇手段的男人！

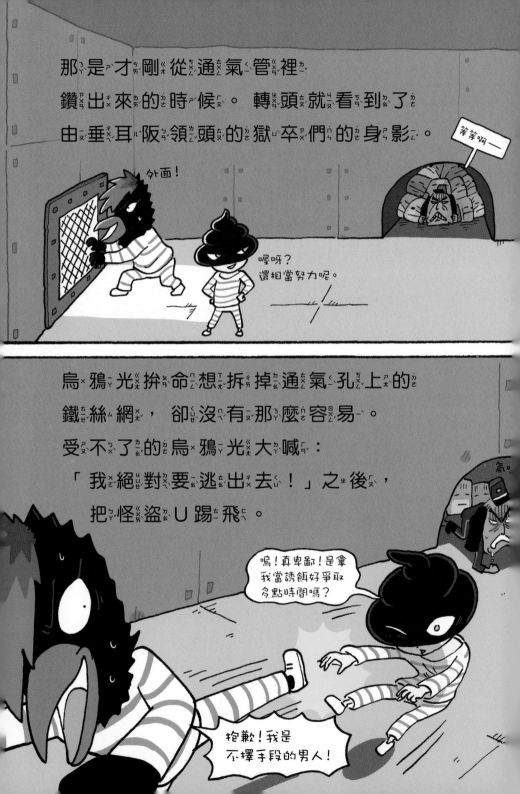

「抓住怪盜Ｕ——！」

在垂耳阪的號令下，

所有獄卒同時朝怪盜Ｕ

衝了過去。

過了不久之後，從下方

傳來低沉的聲音。

抓住怪盜Ｕ—— 了！

全都退下—— ！！

當ㄉㄤ獄ㄩˋ卒ㄗㄨˊ們ㄇㄣ˙全ㄑㄩㄢˊ都ㄉㄡ退ㄊㄨㄟˋ下ㄒㄧㄚˋ後ㄏㄡˋ，看ㄎㄢˋ到ㄉㄠˋ失ㄕ去ㄑㄩˋ意ㄧˋ識ㄕˋ的ㄉㄜ˙怪ㄍㄨㄞˋ盜ㄉㄠˋU被ㄅㄟˋ垂ㄔㄨㄟˊ耳ㄦˇ阪ㄅㄢˇ緊ㄐㄧㄣˇ緊ㄐㄧㄣˇ抓ㄓㄨㄚ住ㄓㄨˋ。

烏ㄨ鴉ㄧㄚ光ㄍㄨㄤ焦ㄐㄧㄠ急ㄐㄧˊ的ㄉㄜ˙想ㄒㄧㄤˇ：「我ㄨㄛˇ也ㄧㄝˇ一ㄧˊ定ㄉㄧㄥˋ會ㄏㄨㄟˋ被ㄅㄟˋ抓ㄓㄨㄚ！」但ㄉㄢˋ是ㄕˋ垂ㄔㄨㄟˊ耳ㄦˇ阪ㄅㄢˇ卻ㄑㄩㄝˋ只ㄓˇ是ㄕˋ緊ㄐㄧㄣˇ抓ㄓㄨㄚ著ㄓㄜ˙怪ㄍㄨㄞˋ盜ㄉㄠˋU，一ㄧˊ動ㄉㄨㄥˋ也ㄧㄝˇ不ㄅㄨˊ動ㄉㄨㄥˋ。獄ㄩˋ卒ㄗㄨˊ們ㄇㄣ˙也ㄧㄝˇ靜ㄐㄧㄥˋ靜ㄐㄧㄥˋ的ㄉㄜ˙等ㄉㄥˇ待ㄉㄞˋ著ㄓㄜ˙垂ㄔㄨㄟˊ耳ㄦˇ阪ㄅㄢˇ的ㄉㄜ˙指ㄓˇ令ㄌㄧㄥˋ。

「咦？沒有要來抓呢。」

烏鴉光這樣說的時候，喀嘎
一聲，鐵絲網被拆下來了。

聽到那個聲音的怪盜U
也醒了過來。

呃呃，怪盜U抓到了吧……

那是垂耳阪的聲音。

「啊哈哈！時間超過了喔。鐵絲網也拆下來了！」

垂耳阪從袖口掏出骨頭，朝著獄卒們丟過去。

「吃點心的時間！盡情享受你們最喜歡的骨頭吧！」

給我——

看起來好好吃——

冷靜冷靜

哇——骨頭——

給我——

然後邊對著烏鴉光說：
「這是你幫忙我逃脫的禮物。
收下吧！」邊丟出一個
閃閃發亮的東西。
烏鴉光大叫：「寶石——！」追著
發亮的東西，衝到外面去了。

哎呀，
沒有丟準呢。

想要抓住
我這個人，是絕對
不可能的啦。
那麼，就飛往
美麗的世界吧。

轟隆轟隆隆隆隆隆隆隆……

「事情的經過就是這樣。是不是很有趣呢？哎呀，時間到了，後會有期。」

再會吧一

屁屁偵探和布朗
悠閒的在「幸運貓」享受
午茶時間。

公主啊。想要什麼東西都能擁有吧。穿上漂亮禮服、騎上帥氣機車。

吊嚕嚕嚕嚕！！

出門買東西回來的店長說：
「門上夾了一封給
屁屁偵探的信呢。」
把那個信封交給了
屁屁偵探。

還附著
一朵玫瑰花。

86

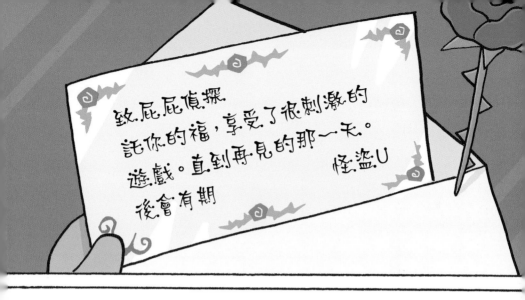

致.屁屁偵探.
託你的福,享受了很刺激的
遊戲。直到再見的那一天。
後會有期   怪盜U

「怪《盜》U, 他不是應《該在鐵窗
監《獄裡服刑《嗎?!」
布《朗很《驚訝。
「應《該是逃《獄了《吧。
怪《盜》U……。 果《然是個很《難
對《付的強《勁對《手啊《……」

那個裝模作樣
的傢伙——

完美的逃脫計畫
～完結～

尋找隱藏在故事中的金色屁屁！

下面是書中隱藏問題的答案喔！

第21頁也有問題。找找看喔。

第10頁
尋找 5 個屁屁

第24-25頁
尋找 4 個屁屁

第50-51頁
尋找 7 個屁屁

第13頁
尋找 5 個屁屁

第58-59頁
尋找 5 個💩

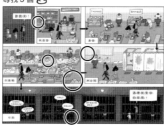

第76-77頁
尋找 3 個💩和金色屁屁

第84-85頁
尋找 5 個💩

第73頁
尋找 4 個💩

蝌蚪七兄弟

OSHIRI TANTEI KAITOUTO NERAWARETA HANAYOME by Troll
Text & Illustrations Copyright © 2019 Troll
All rights reserved.
Originally published in Japan in 2019 by POPLAR Publishing Co., Ltd.
Traditional Chinese translation copyright © 2020 Yuan-Liou Publishing Co., Ltd.
No part of this book may be reproduced in any form without the written permission of the publisher.
Traditional Chinese translation rights arranged with POPLAR Publishing Co., Ltd., Tokyo
through AMANN CO., LTD., Taipei.

屁屁偵探 讀本 被怪盜盯上的新娘
文·圖／Troll
譯／張東君

主編／張詩薇　美術設計／郭倖惠　編輯協力／陳采瑛
總編輯／黃靜宜　行銷企劃／叢昌瑜
發行人／王榮文
出版發行／遠流出版事業股份有限公司
地址／台北市100南昌路二段81號6樓
電話：(02) 2392-6899　傳真：(02) 2392-6658
郵政劃撥：0189456-1
著作權顧問／蕭雄淋律師
輸出印刷／中原造像股份有限公司
□2020年7月1日　初版一刷
定價280元
若有缺頁破損，請寄回更換
有著作權·侵害必究　Printed in Taiwan
ISBN 978-957-32-8820-6

遠流博識網　http://www.ylib.com　E-mail：ylib@ylib.com

國家圖書館出版品預行編目 (CIP) 資料

屁屁偵探讀本：被怪盜盯上的新娘 / Troll文.圖；
張東君譯. -- 初版. -- 臺北市：遠流, 2020.07
88面；21×14.8公分
　ISBN 978-957-32-8820-6 (精裝)
861.59
109007913

被怪盜盯上的新娘

蛙公平想要保護大家，也沒有逃避的面對了怪盜Ｕ哩。真的是位具有國王氣度的男子！我也要向他看齊，更加磨練自己的男性氣概才行。然後，和像蛙莉妞那樣可愛的新娘子結婚。

完美的逃脫計畫

沒想到怪盜Ｕ居然會從監獄裡逃脫！因為那個傢伙，害我的手被刺戳到了！真是個難纏的對手。剛剛屁屁偵探教我了，照一般方式是捉不到他的。我變得更聰明一點了。嘿嘿。

摘自 布朗日記